キラキラヒカル

自選ライトヴァース集

入沢康夫

書肆山田

目次——キラキラヒカル——入沢康夫自選ライトヴァース集

失題詩篇

キラキラヒカル——入沢康夫自選ライトヴァース集

失題詩篇

心中しようと　二人で来れば
　ジャジャンカ　ワイワイ
山はにっこり相好くずし
硫黄のけむりをまた吹き上げる
　ジャジャンカ　ワイワイ

鳥も啼かない　焼石山を
心中しようと辿っていけば

弱い日ざしが　雲からおちる
　ジャジャンカ　ワイワイ
雲からおちる

心中しようと　二人で来れば
山はにっこり相好くずし
　ジャジャンカ　ワイワイ
硫黄のけむりをまた吹き上げる

鳥も啼かない　焼石山を
　ジャジャンカ　ワイワイ
心中しようと二人で来れば
弱い日ざしが背すじに重く

心中しないじゃ　山が許さぬ
山が許さぬ
　ジャジャンカ　ワイワイ

ジャジャンカ　ジャジャンカ
ジャジャンカ　ワイワイ

キラキラヒカル

キラキラヒカルサイフヲダシテキ
ラキラヒカルサカナヲカツタキラ
キラヒカルオンナモカツタキラキ
ラヒカルサカナヲカツテキラキラ
ヒカルオナベニイレタキラキラヒ
カルオンナガモツタキラキラヒカ
ルオナベノサカナキラキラヒカル
オツリノオカネキラキラヒカルオ
ンナトフタリキラキラヒカルサカ

ナヲモツテキラキラヒカルオカネ
ヲモツテキラキラヒカルヨミチヲ
カエルキラキラヒカルホシゾラダ
ツタキラキラヒカルナミダヲダシ
テキラキラヒカルオンナハナイタ

いっちまった……

今日　唄がとだえる
今日　水面を切る風のつまずき
今日　一群の支柱の音のない倒壊

葦の向うでお祭りがおわる
水藻の底にちりぢりになって
子供たちはいない
古めかしい花々の笑い

魚たちの小さな私語
霧雨のような畑地の上の夜

サル
オットセイ
ウマ
ヒョウ
オンナノコ
ピエロ
シルクハット
そんな　みんな

今日　一群の支柱の倒壊

埃のにおい
花々の笑い
魚たちの　小さな　小さな私語

葦の向うの旅立ち
真夜中
いなくなった子供たち
水面を切る風のつまずき
　水藻の底の笑い

エスケープ

歴史の授業を
ぼくはぬけ出して
アルゼリア風の街で
あそんでいてやった

たばこをふかして
時間をおっぱらいましょう
風にほほえみかけ

海をよんで来ましょう

（アルゼリア風の
坂みちの上の空は
ジェットの針で
ぬいとりされていた）

アルゼリア風の
坂みちの上には
海の肩を抱いている
だれかさんの影法師

ああ　あの姿は
椰子の樹みたい
椰子の実を一つ
おとして　よこせ

アパートのむすめ

ヘビモ　アレモマア　イッポンノ　ケイトデスネ　ア
ノカタノユビ　アレモ　ケイトデスカ　イイエ　イイ
エ　アノカタノユビハ　ロウソクミタイニ　シビレテ
イマス　カーテンノムコウデ　ケイトノセーターヲ
ヌグトコロデシタ　オキャクハキット　トグチカラハ
イッテキマス　ソウシテ　ソウシテ
　（窓を一つ一つ閉めてから
　かけ出してぼくのフィアンセは
　壁のむこうで　緑色の液体になってしまう

りんかくばかりのビルに　月が出て
だちょうが　エレベーターの　扉を開ける
ぼくの中で何かが裂けた時
壁に開いた　千の窓から
　千のねぼけ面が　のぞくんだ）
ワビシイ　ミズノオト　デスネ　ソコデ　カケダシテ
カベノムコウデ　ミドリイロノ　エキタイニ　ナッテ
シマッタ　キミヨ
ネナイカ　モウ　オソイノダヨ

或る夏の夜の出来事

附　その後日譚

とんだことである
コーヒーと一しょに
はずかしい記憶を
のみほして一文なしの
一人の男がテーブルを立った

とんだことである

死のうとおもって
海の方へあるいてくると
海はみるみるにげていって
果しもない街並に
男はしゃがみこんでしまう

とんだことである
コーヒーと一しょに
みすぼらしい記憶を
のみほして一文なしの
一人の女がテーブルを立った

とんだことである

死んだ気になって
海の方へ歩いていくと
海はどこまでも　とおのいて
せせこましい横丁に
一人の男が　かくれていた

とんだことである
夏のある夜だ
死のうとおもった男と
死んだ気になった女と

とおい　とおい　海の音は
古ぼけたオルゴールだ

死ぬことを見合せたばかりか

とんだことである
夏の夜のことだ
とんだことである
とんだことである
大いにとんだことである

死ぬことなんか忘れはて
それからは
大いに仕事に精を出し大いに内助の功をあげ
大いに富んだことである
大いにとんだことである

聞いて下さい

淋しい歌を一つ聞いて下さい　三十六人ででかけていつて三人帰つて来た　赤い頭巾をかぶつて笑つていた七人のうち六人は帰つて来なかつた　野原の向うにちよつぴり頭を出しているけやきの林お日さまはあそこまで来ると　そそくさと垂直に落ちてしまう

淋しい歌を一つ聞いて下さい　眼がさめてみると

石ころだらけの河原にころがつている　せきれいの弧がわたしを縦に切りさき　そこら中で黄色い花がぶすぶす燃え　燃えながら歌つている　明日がありますよ　明日のお月さま早くいらつしやい赤い頭巾をかぶつた人たちを知りませんか

淋しい歌を一つ聞いて下さい　お金もうけができるというので　家財をはたいて　河に舟をうかべたのです　それからは舟はあの人たちの陸地でした　溺れるのは海に出てからのことです　へさきに五位さぎを何羽もとまらせて　こも包みの中身はごぼうとそれから鉄砲だつたといいます

淋しい歌を一つ聞いて下さい　みんな頭の皮をむかれました　血が幾筋もながれていく河のおもて夜が三十幾度めぐり　河幅は広がつたりまたちぢんだりして　黄色い花のある河原を繰り拡げつづける　どこへ行つたのでしよう　みんなは　笑つてもいいのでしようか　一人とりのこされても

淋しい歌を一つ聞いて下さい　三人帰つて来たがその三人をだれも覚えていなかつた　河下の村でお祭りがあつて　そのまた河下の村でもお祭りがあつて　そんなふうにたくさんのお祭りのあとであの人たちの子供はあちこちにおき忘れられ　中には棒杭になつた連中もあつた

淋しい歌を一つ聞いて下さい　河の水の涸れる季節　舟をひく人々の唄が何里も遠くから突然聞こえて来る季節　犬たちが帰り　それから男たちが町から帰つて来る　ひきずつていく長い影　土手の上から見ますと　何もかも冷いかすみの中でかじかんでいるのでした

淋しい歌を一つ聞いて下さい　アメデオ・クラフトスという人を知つていますか　肩に名も知らぬ楽器を背負つて　どこかのお祭りにいた筈ですが　それとももう死んだか　わたしは石にされて倒れていました　わたしのまわりで黄色い花々が燃えながら笑つています　それから歌つています

明日がありますよ
明日のお日さま
早くいらつしやい
明日のお月さま
早くいらつしやい

淋しい歌を聞いて下さい　春は来るのですか　そのとき犬たちは吠えますか　岩むらで男たちの死体が発掘されるでしようか　砂地でまた花が何百本もゆれるのですか　あなたがたの春のことを聞かせて下さいませんか　きつとどんなにか面白いことでしよう

夜の森の唄

暗い森の奥で　翼のない鳥たちの笑い声がする
肉いろの　お月さまが七つ
ぼくたちの人でなしの恋を　池の水に泳がせる
唄って
さあ
唄って下さい　いつもの
犬どもをつるませ　死んだ春を焼きはらう唄を

緑の闇の奥で　翼もくちばしもない鳥たちが叫ぶ

閉じられた夜の籠の底で
ぼくたちの人でなしの恋が　かさこそと音を立てる
唄って
さあ
唄って下さい　夜なかの
残酷な裏切り　何がおこったのか　おこらなかったのかを

薄れていく闇の奥で　散らばっていく鳥たちの笑い声
犬どもが　そして悪魔が
つるみ　はらむ暁の　ぼくたちの人でなしの恋の行方
唄って
さあ
唄って下さい　世界で
いちばん　たいせつなひとをだます唄を

きこりの物語

きこりだったがその男は
森の樹々を
心の底から好きだった。
森の樹々も、きこりを信じ切っていて、
斧を振りながら話す彼の世間話に
声を揃えて、合い槌を打つのだった。
奇妙な友情——
けれども物と物、人と物の関係は
理想的にはこれ以上考えられない。

森の向うに飛行場ができ、
やがて拡張された。
ブルドーザーがやって来て、
森を
端の方から削っていった時、
きこりはズボンをはきながらかけつけ
むらがるブルドーザーの機関に
片っ端から斧をぶちこんだ。

きこりはずり下ったズボンを引き上げた。
革のバンドをしめ直した。
すると遠くで牛の啼き声がした。

きこりをとりまいて
黒い銃をかまえている兵士たち。
そのうしろには
まだ銃を肩にかけた兵士たち。
きこりは　森の樹にくくりつけられた。

雲が切れて、陽が出て来た。
きこりは、背にしている樹に向って
いつものおしゃべりを始める。
いつものとおりの世間話。
そのあげくに、
「今朝がた、女房とけんかして、
つい、ぶんなぐっちまったんだがあれは
やっぱり俺が悪かったかなあ、

元はといえば……」と
説明しかかった時、
やっとジープに乗って隊長が到着し、
銃弾が、このおしゃべりにピリオドを打った、
一つでたくさんなのに、十五も。

ユウレイノウタ

ラルラルラルラマツクラナ
ラルラルラルラヨルノカワ
ラルラルラルラナマヌルイ
ラルラルラルラツユノタマ

ラルユレナガラララルラルラ
ラルヒガモエルラルラルラ
ラルカナシゲナラルラルラ

郵　便　は　が　き

〒171-0022

東京都豊島区南池袋2-8-5-301

書　肆　山　田　行

常々小社刊行書籍を御購読御注文いただき有難う存じます。御面倒でも下記に御記入の上、御投函下さい。御連絡等使わせていただきます。

書名

御感想・御希望

御名前

御住所

御職業・御年齢

御買上書店名

ラルコエガスルラルラルラ

ラルラルラルラハルバルト
ラルラルラルラヤツテキテ
ラルラルラルラヤミツイテ
ラルラルラルラヤセコケテ

ラルハコバレテラルラルラ
ラルウメラレテラルラルラ
ラルヤブノカゲラルラルラ
ラルコエバカリラルラルラ

ラルラルラルラアメイロノ
ラルラルラルラツキガデル
ラルラルラルラカワラニハ
ラルラルラルラカゼバカリ

ラルヤブガラシラルラルラ
ラルトオガラシラルラルラ
ラルイヌフグリラルラルラ
ラルカラスウリラルラルラ

ラルラルラルラハルバルト
ラルラルラルラヤツテキテ
ラルラルラルラオミヤゲハ

ラルラルラルラコエバカリ

私は書く（ある校訂記録）

――谷川俊太郎へ

私は　私は　と書いてしばらくペンを休め　と書き　私は
それを二本の縦線で消し　と私は　と私は　書きかけてや
め　やめといふ字を黒く塗りつぶしてから　と書いて　海
は　と私は書き　つづけて　黄いろくて　と書かうとする
が一字も書かないうちに　いやになつて　またと書くと
私は　私は　といふ字をすべて消さう　と思つたが　と書
き　と書いて　私は　と書いて　私は私と書いて　と書い
て　私は　と私は　と書いても　それが　私は　私と私
と私　と私と　私はとは書けないで　と書いて　と書きか

けて　すべてを×印で削除し　と書いてその欄外に　私は
をすべて俺はとすること　と書いて　ある　と書い　と書
と　書いたのを　と書かうとして私は　と書いてしばらく
ペンを休め　を　二本の縦線で消し　のあとに移して　と
書いたあと　と私は泣きながら　書いた　と　書いてすべ
て削除してあると書く

お伽芝居

1

槐樹《ゑんじゆ》の枝々に鈴なりになつてゐた
あの赤い天使たちは
どこへ飛び去つてしまつたのか？
父母の墓といつしよに
黄いろの帆布の中を漂ふ百あまりの
真新しい刈株
それから　いきなり闇が落ちかかつて

最後の荷馬車が
打穀器の音を立ててあわただしく出発した時
頬のこけた少年は
ブリキの楽器の底から
旧い都市の見取図を発見する　それから
ボール紙製の星と
縞蛇の脱け殻とを

2

槐樹の枝々に鈴なりになつてゐた
あの天使たちは
どこへ飛び去つたか？　どこへ？
ボール紙の星は　少年の夢の二重の鎖で宙に吊られ

3

そのま下の　ごつごつした大地を
巨大な龍が這ひまはり
地平のあたりで
旧い都市の塔が　伸びちぢみを繰りかへしてゐた
やがて
菫いろの帆布の焼きはらはれる臭気の中を
少年も　また　出発した
金属製の埃
その上に点々とつづく足あとは
半透明の龍の舌が舐めて
一つ一つ消してしまつた

見取図はまさしく使ひ物にならなかつた
星はボール紙でしかなかつた　脱け殻も……
所詮脱け殻　（あの赤い天使は？）
今日　一人の中年男が
なまぬるい沈黙　こはれやすい孤独の中で
一人の少年の心臓をきざんで
薬草（心臓病の）といつしよに煮て喰べてゐた
床にちらばつた柘榴の種の上にあぐらをかいて

4

金色の星が
低い丘の端に輝いてゐる
その上の上の空に

壮麗な都市が漂つてゐる
——けれども老人には　それが見えない
一頭の龍が　老人の背後にゐて
優しく息を吐きかけて
老人の手足の冷えるのを
ふせいでやつてゐる（何のために？）
けれども老人には　それが見えない
老人ばかりでなく
他の人々にもそれは見えない
よろよろ歩く老人の恰好を
龍はいたづらつぽく真似たりする
（誰にも　それは見えない！）

5

（誰にも　それは見えない！）

槐樹の枝々に
いつのまにか戻つて鈴なりになつてゐる
あの赤い天使たち以外には
それを見たものも　聞いたものもゐない

待つ男《ウエイティングマン》・馳せ男《ランニングマン》と海

——言葉の誕生から詩の消滅までにかかはる戯れ唄一つ

海が視覚に映ったとき意識はあるさわりをおぼえ〈う〉なら〈う〉という有節音を発するだろう。

(『言語にとって美とはなにか』Ⅰ—1)

〈う〉、
〈う〉、
海、
鵜、憂、膿、
産み、身、苦(産みの苦しみ)、

区々、句、
呉れ、榑、塊、
厲、霊、
Léthé、え?
猿（エテと読む）、得手、手か? 手かも、
賀茂、藻、裳、香も、
（神漏伎、神漏美の後裔）
喪の声（「まだまだ骨が……」）、
絵、
餌、
（烏帽子、会符、衛府、斧）
穂、
火の秀、
奉納の
蟹、丹、辛螺（ニシと読む）、

西、
城、死蠟、（ししびしほ）
堪忍しろ、堪忍しろ、
子路、
（支考よ！）
老師！
志、（野にさらされたししびしほ）
士、（野をかけめぐるししびしほ）
〈し〉、
〈し〉、
〈し〉、
〈…〉
矣。

未確認飛行物体

薬罐だって、
空を飛ばないとはかぎらない。

水のいっぱい入った薬罐が
夜ごと、こっそり台所をぬけ出し、
町の上を、
畑の上を、また、つぎの町の上を
心もち身をかしげて、

一生けんめいに飛んで行く。

天の河の下、渡りの雁の列の下、
人工衛星の弧の下を、
息せき切つて、飛んで、飛んで、
（でももちろん、そんなに早かないんだ）
そのあげく、
砂漠のまん中に一輪咲いた淋しい花、
大好きなその白い花に、
水をみんなやつて戻つて来る。

楽園の想ひ出

はりえにしだの花ざかりの
長い丘を越えて
探検隊がやって来たとき
ぼくらの恋は西日の中で発見され
標本箱に
ピンでとめられて
あまつさへ
学会に報告された

ぼくは十七歳だつた
さうしてきみは
いま（三十年経つたいま）
ぼくが西日に透かすグラスの中の
ブランデーみたいな色の髪にリボンを結んだ
十四歳の少女だつた

春の散歩

豚をつれて街を遠望する野道を歩く。
小川はコンクリで固められ、さらさらと、
白濁した液体を流してゐる。
ぼくは言つた。
「食物らしいものが、ろくすつぽ
見つからないからといつて嘆くなよ。
当節では、
正義がどんどん相対化していく。
真実がどんどん相対化していく。

不毛の荒れ地と見える土地が、
いちばん肥沃な土地だつてことも
あるんだから……。」
豚は答へなかつた。

豚をつれて街を遠望する野道を歩く。
ぼくは言つた。
「春はめぐつて来るごとに、
陰険の度合を深めてゐる。
所詮便宜的なものと思つてゐるうち、
巧緻な選別と審問と、
無神経な善意の鞭が、
なけなしの自由を、
ますます味気ないものに変へるだらう。」

豚は答へなかつた。

豚をつれて街を遠望する野道を歩く。
ぼくは言つた。
「何もかも相対化しながら、
奇妙な秩序が固定して来てゐる。
みな口を開けば
正義も真実も踏みにじられてるつて言ふが、
いづれは一切が正義、一切が真実と
いふことになるのだらうぜ。」
豚が答へた。
「爺さん、繰りごとはよせ。
もうお前たち人間の時代は終るのだ。」
さう言つて、

春の血なまぐさい西陽の中へ、
いちもくさんに駆け込んで行つた。

廃都へ

——「鷗齋譚」の断片

時の夜の中で生まれた
微細な貝殻や　その破片や
星の形した砂粒にびつしりと覆はれた螺旋状の坂道は
巨大な肉質のすりばちの内側を
ゆるやかにゆるやかに下降し
今朝（あるいは三日前の朝？）殺した雉鳩の
羽毛の幻影を
一人一人の頭蓋の中に
雪のごとくに降らせたけれども

彼と彼の同行者たちは
敢へてその路を辿らなんだ
今　崩れた石室の片隅に身を寄せ合ひ
素性の知れぬ花粉入りの蒸溜酒を啜り合ふ明け方近く
野のあちこちに
雁が錆び朽ちた銅貨を撒いて行つた

《……どうしたらよからうか？》
《たそがれの旗の下へ炉をさし入れよ！》
《帆には　何を……？》

今日もまた歩きつづける彼と彼らの
歩きながらに見る夢の中でも

彼と彼らはやはり歩いてゐた
牛の涎と糞に汚れた
凹凸のはげしい舗石の上を
鑢状の尾根道を
火を流す川のほとりを
それから銅鑼を打ちならす
葬列とも婚礼の行列ともさだかに知れぬ
顔のない一団とすれちがひ
やがて
そこここに菖蒲の生えた浅い沼地を過ぎたあたりで
やうやくに目を覚したとき
彼の青くしなびた左腿から
一むれの廿日鼠が生まれて
道ばたの枯れた薊の茂みのかげへ
われがちに逃げ込んで行つた

《……たらよからうか？》
《たそがれの旗の下へ炉を……》
《帆には……》

西空にながながと横たはる五本のすじ雲の間を
線香の火かとばかりに小さく赤い太陽が
踊るやうに揺れながらずり堕ちて行つた

水府暮色

その町に
あしかけ四日も滞在したのに
黄門さんゆかりの場所には
たうとう一つも行かなかつた
それでも
蚊柱の　あちこちに立つ夕まぐれ
神道《しんとう》墓地の小みちから小みちを
ひそひそと辿つてゐたら
白ペンキぬりの案内標柱に大きな文字で

「格さんの墓」と書かれた
石塔にでくはした
彰考館の何代目かの総裁?だつたとかで
ずゐぶん格式の高い侍だつたやうだ
ひよつとしたら「助さん」のも……　と
無学者の強み　あたりをきよろきよろ見まはしたが
それは見当たらず
やや高いところに
延々と二列にならんだ
「烈士」たちの墓が見えた
さうだ　ここは名だたる
「烈士」の産地だつた
（そして納豆の……）

薄ら西日の墓地を出て
裏町の　細い通りから通りを
ひそひそとひそひそひそと辿り
ほど遠からぬ別な墓地（これは仏式）に着き
「水銀歇私的利亜《ヒステリア》」の
「おうい雲よ」の
詩人の墓に詣でた
（カナカナを聞く　この夏はじめての）
そのあと
これも　さう遠くない大きな墓地では
「エロシエンコ像」の画家の墓碑を拝んだ
（このあたり　やたらに太い塔婆が多いなあ）

すでにして　日は暮れ

案内役を買つてもらつたS先生といつしよに
店先の撒き水にあかあかと灯のこぼれた
寿司屋にはひつた
シツタカといふ巻き貝の名を覚えた

冥界の会話——ユゴー他界一〇一年

冥界の午後　ポンメルシ元大佐が
テナルディエ元軍曹に
肩を支へられながら　新種の花畑を散歩してゐる
「あんたに就いては
わしはとんでもない思ひ違ひをしてをつたが
いや　してをつたと　思つてをつたが
結局あんたは　わしの子孫どものために
大きに役に立つてくれたわけだものな」
「よしませう　その手の話は……

十万億哩も遠いどこかで　胸がちくりと痛みまさあ
でも今日び　下界では
あつしらの黒幕ユゴー大先生の大理想も
奇妙に風化して　さつぱり通用しないやうですな」
この時　また別な冥府では　当の大詩人の霊魂が
J・ドルーエの霊魂に靠れて　昼寝をしてゐる
またまた別な冥府では
野良犬の霊魂が　荒地野菊の霊魂に
小便の霊魂を掛けてゐる

死者（たち）の眠りのための子守唄

——A・ジャリの一詩篇の題名と形態を借りて

すみれ色の空の　途方もなく深い穴の底を　ややせつかちに上下しながら
蛍のやうな発光を　飽きることなく繰り返す　方船《はこぶね》よ　方船たちよ

もう止せ　俺たちの　猥雑であることさへ奪はれた《日常》に向けて
ここまで来ては何の役にも立たぬＳＯＳを　カチカチと送り続けるのは

すみれ色の　途方もなく深い穴の底を上下しながら　蛍のやうな発光を
飽きることなく繰り返す　半透明の方船よ　方船たちよ

聞えるかい　ここから幾千里か彼方の干潟の　末黒《すぐろ》の水草のあひだを
今しもよろよろと　逆立ちした連発拳銃型の二羽の鴫が行く　あの足音が……

願ひごとは　たうとう叶はなかつたし　今後も叶ふあてなぞない
さう思はないか　献身も殉教も　犠牲も自己犠牲も　所詮はむなしかつたと

すみれ色の　途方もなく深い穴の底を上下しながら　発光を

飽きることなく繰り返して来た　ゼラチン質の方船よ　方船たちよ

いまは　おやすみ　昇る速度　降る速度を　おのがじし　こころもち
緩やかにして　一切を　ｎａｒａｋａから吹き上げる風にまかせて

（千年が経ち　万年が経てば　ひよっとしたら　現はれるかもしれないよ
君たちの信号を受け止めて　大合唱に仕立てる　いぼ蛙たちの大群が）

ことば・ことば

「愛する者同士にことばはいらない」といふ
それも　ことば
「ことばよりも　こころだ」といふ
それも　ことば

「ことばは　神だ」ともいふ
「ことばなんか　おぼえるんぢやあ
なかつた」ともいふ

それも　ことば　これも　ことば

「これ」も　ことば
「それ」も　ことば　「も」も　ことば
そして「ことば」も　やつぱり　ことば

ありとあらゆることば　その向う側に
いつたい何があるか　知りたいかい

きみにだけ　教へてあげよう　内緒だよ
地霊《グノーム》みたいな黒いこびとが一人
悲しい顔して　しやがみこんでゐるのさ

江上夜宴歌

放水路の　長い堤《つつみ》の上に
二人　また三人とたたずめば
茜に染まつた南西からの風が
黒々と低い屋根屋根を越えてきて
わが友どちの　鬢《びん》の白毛《しらが》を揺すつて過ぎる

歳は維《これ》　千九百九十
二千に足らざること十年の

文明栄え
文化果つる大国の　文化の日の黄昏
同好相集ひて　舟を傭ひ
荒川　隅田川の　二川を環行して
一夕の歓を尽くさんとする

屋形舟を模して艤装せられた遊覧船は
強化プラスチック一体成形の両舷に
赤提灯を　一列に吊り並べ
（その光源は勿論電球）
重心低き　その船体は
いささかの風
いささかの横波ではびくともせぬ
（トイレ・暖房・カラオケ完備）

折しも陰暦長月十六夜の月は
左舷やや後方
巨大な爬虫の形《かたち》なす黒雲の
後肢のつけねとおぼしき辺りを離れて
わづかにいびつの円を
中天にまざまざと現じ
竪琴《ハープ》の俗称持つ高架橋の鋼索を
一本　また一本と光らせる

咄！
右窓にはかに黒暗々と化したるは
高々とそびゆる防波堤に沿つて

この舟が　進行中なるがゆゑか？

しかすがに　その闇も途絶え
またしても　夜空がひらけ
はるか前方に
電飾せられたる東京タワーが見える
（ゴジラの雲は　いまは　いづこ？）

この親しきが上にも親しき友どちの中にゐて
親しきが上にも親しき友どちの中にゐてさへが
なほ
「ひとり　異郷にありて異客」たる思ひは
そも何？

同行の美婦に　肩を寄せて
心ここになきことどもを
ことさらに語る

船首に出れば
かすかなかすかな潮のかをり
泡立つ波間に漾《ただよ》ひ　漾つて消える顔々

奥鬼怒の杣道に踏み迷ふ大猿人
狐の顔したP市長
たなごころに円筒形の卵を載せた神聖家族の首長《をさ》

ラ・マルセイエーズを高唱する蛙大王
（あの　どすぐろい戦争と
その後の　ゆくたての中で　みんなそれぞれに
　それぞれに傷ついてゐたのだ）

昔好杯中物　今為松下塵
その　あなた方のためにも乾杯

リヤウゴク　クラマへ
ウマヤ　コマガタ
アヅマ
遡り行けば　これぞ必定世のをはり
末世澆季的なオブジェを載つけた

小水原料製造会社の
新造ビルが　見えてくる

氷見の岬

弓なりの海岸に沿つて
バスは長々と走つた
涼しげな　その名に惹かれて
二缶のビールの酔ひを道連れに
はるばると来はしたものの
裏日本名物の
フェーン現象を勘定に入れておかなかつたのは
不覚であつた

（四十体ばかりの青光りする「現象」が座席に揺られ
沸き返る熱気のなかを　運ばれて行く）

（「私」もやはり　その一員なのだが……）

岬をめぐると　彼方にまた
新たな岬がゆららとあらはれる

一千数百年の昔のひと
あの歌人地方官のことを三十秒ばかり思ひめぐらしたあとで
ひよつとして蜃気楼もがも　と
みはるかす水面には

口惜しや
コガモ一羽の影だにも見えず

水と空とのけぢめも
これがそれとはどうしても見定め難かつた

旅するわたし——四谷シモン展によせて

1

わたしは誰？　誰？　誰？　だれなの？
そして　ここ　ここはどこ？
どこなの？

わたしは　旅から旅をして　ここに来た
わたしの琺瑯質の眼には

たくさんの　たくさんの物が映り
次から次へと　流れ　そして流れた
（それは　例へば
　長大な角ふり立てて北天を移動する
　水色の甲殻類の大集団）
（金色の葉叢にひそむ骸骨蛾）
（鳥籠に封じ込まれた土妖精《グノーム》）
わたしの露はな胸郭の一隅に巣食ふ金色の蛆が
かすかな蠕動を繰り返し
誰かが　わたしの最も軟質の部分に紅を差す
斜めに落ちかかる陽光のモアレ模様は
まるで熱湯かなにかのやうだ
わたしの　半分壊れた顔面……
しかし　仮に　あらゆる部分をとり除かれても
それでも　わたしは在る　在らざるを得ぬ

わたしの造り主の《彼》
《彼》が居るかぎりは――

わたしは誰？　誰？　誰？　だれなの？
そして　ここ　ここはどこ？

動くべくして動かぬ木製の歯車の苦い笑ひは
宇宙の無限性（夢幻性？）へのわたし（彼？）なりの挑戦で
布目ある石膏の肌は今日　印刷文字で埋められ
わづかな空所も片端から金剛砂で磨き立てられる
石綿《アスベスト》製の脳の中心に嵌《は》まつた白金の梟が二声叫び
すべてが　ここでは古めかしく　しかも新しい
見積書の向うにありありと透けて見える白い柩

遠心分離された人狼《ガルー》のスペクトル
端のはうから乾からびていく島宇宙大のパレットの
何といふ重さ

わたしの肋骨の内部に鈴なりに配置された非常警鐘
わたしの肝臓は　亜炭の飴玉
わたしの心臓も　睾丸もまた　亜炭の飴玉
そして　薄緑の皮膚をかぶせて秘匿された再々変換装置
わたしの上の上の天空を
またしても　金剛砂の嵐が軋音をたてて西へ渡っていく

2

わたしは誰？　誰？　誰？　だれなの？
そして　ここ　ここはどこ？
どこなの？

わたしたちは　脆く壊れやすい一生を授けられて
ここに集ふ
火の鎌　石の膝　金属性の大蜘蛛
飾りガラスで張りつめられた堂宇の内陣では
逆三角形の愛と夢とが　焼き菓子のやうに
ぼろぼろと崩れ　崩れては空気に融ける
真つ赤に灼けた青銅の円柱から
熱く乾いた風がひとしきり吹きつけ

（千哩の距離を隔てて　それぞれに首を吊つた
詐欺師と熾天使
……木の鎖　粗布の上膊　泥の関節）

いま　人肌色の巨大な尾がするすると宙にのびて――
のびきつて――
想像力の水平線に
猛烈な勢ひで打下ろされる
あたかも　何者かへの
《復讐》ででもあるかのごとくに

3

わたしは誰？　誰？　誰？　だれなの？
そして　ここ　ここはどこ？
どこなの？　どこなの？

遠い旅のあげくに
わたしは　わたしたちは　いま　ここに立つ
木製のリブと真鍮製のリブとが危ふい連繋を
辛うじて保ち
声のない絶叫は大聖堂に満ち
仲間を求める白い手首が青い手首に向つて
蟹のやうに
ひたむきに這ひ寄つていく

わたしは誰？　誰？　誰？　だれなの？
そして　あなた
わたしを　わたしたちを造つたあなた
創つて　かく在らしめたあなた
あなたは誰？

誰も答へない　誰も――

空漠たる天の砂漠の一隅
磨き上げられた天河石板の碑の表面に
いつたんは押捺され
徐々に薄れていく巨きな巨きな神の（神の？）指紋

我らの煉獄

いまし方　眉間を割られて横たはつた巨豚の
やけにぶよぶよと白い　霊魂を連れて
（いや　当方がいつのまにか連れ出されて）
どこまでも　どこまでも　紫がかつた靄のなかを歩く

幹が苔に　べつとりとおほはれた
楢の大木（その樹霊）が　一本
靄のなかから　幻のやうに姿を顕しては

宮沢賢治の文語詩「巨豚」および童話「フランドン農学校の豚」への敬意。「巨豚」には、本篇初期稿では「ポエジー」のルビが付されてゐた。

冷たく笑つて　消えて行く
そして　ややあつて　また一本
やがて　また一本
果てしない《一つこと》の繰り返し……

わしや　もう　いやだ
いやになつた
と　豚（の霊魂　以下同断）が言ふ
なにが
と　私
こんな繰り返しがさ
お前さんとの　こんな道行きがさ
と　豚
それあまあ　さうだらう

わが郷里では、これを「千遍返し」と言ふ。

さうだらうともさ　と　私
しばらく黙つてから
ふん
と　豚

どこまで続く　これは道なのか
(果して道なのか　これが)
ぶよぶよの豚にも……　況んや私には……
まるきり分からず
ただもう　やみくもに歩いて行く

本篇は「登龍府」(詩集『駱駝譜』中の「四悪趣府」の一篇)、「春の散歩」(詩集『春の散歩』所収)と共に、《巨豚三部》なる一セットを成すべき作品である。

哀唱自傷歌

すでにして人生の終りも近いといふに
まつくらくらの
二里の森に迷ひ込んで
おぼつかない足を運んでゐるその折しも
またしても
出くはした　三柱の巨神像

第一の像は

ダンテ『神曲』冒頭章。

賢治「原体剣舞連」。

ダンテは三頭の猛獣に遭遇する。

秀でた額をあげて
昂然と斜め上方を睥睨《へいげい》し
満月の夜の
飢ゑたる獣《けもの》さながらに
《とをあある　やわあ》と嘯《うそぶ》くかたち

第二の像は
火炎車に駕《が》し
大口あけて唱《うた》ふ言葉が
大気を激烈に震動させ
天に聞ゆるその声の
波打ち返すその声の
末尾ばかりが辛うじて
《……ロロリッ》《……ロロリッ》と聴き取れる

前橋文学館前の立像。

『青猫』中の「遺伝」。

居酒屋「火の車」。

……遠田の蛙天に聞こゆる（斎藤茂吉『赤光』）。

ギャワロッッロロリ（草野心

やや離れ　あけびの蔓に絡まれて立つ第三の像は
これまたお馴染
黒オーバ　ややに俯《うつむ》き
泰西楽聖の大ポーズ
《シトリエグモン》と口ずさみつつ

さうなのだ
思へば思へば東西も　弁ぜぬ遐《とほ》い昔から
これら魔神族に魅入られ憑かれて
おれは　この世での持分の九割かたを
つかつた
費消《つか》ひ捨てた

平「誕生祭」。

あけびの蔓はくもにからまり（賢治「春と修羅」）。

ベートーベン。

「エグモント序曲」と「永訣の朝」。

さるほどに
第一の魔神　おもむろに言ふ
《大理石の歩道をすべつてゆけ
もはやうれひをかんずる暇《いとま》はないぞ》

第二の魔神　厳しく誘《いざな》ふ
《血染めの天の突端に立て
地球が冬でどんなに寒く暗くても》

第三の魔神　狂喜して叫ぶ
《さらにも強く鼓を鳴らせ

『月に吠える』中の「殺人事件」。

心平「猛烈な天」。
同右「空間」（中也追悼詩）。

賢治「原体剣舞連」。

修羅の十億年の果ての果てまで》

ああ　かくも強烈　かくも芳醇な　魔力呪力の綾なしを
逃れる手段《てだて》ありやなしや
いかんぞいかんぞ思惟をかへして
次なる呪句を唱へざらんや

《おお　ポポイ
Πωπετε
フィリパイの青色都市
必敗の濁冥王
美しく散つて行くなあ　Oh!　leaves!
ヴェネチヤ風のブロンドではないが

同右『春と修羅』序詩。

萩原朔太郎の『氷島』に頻出する語法。

西脇順三郎への敬意。

シェイクスピア『ジュリアス・シーザー』。

ギリシア神話の冥界王プルートー。

ロスタン『シラノ・ド・ベ

Oh!　leaves!
南無南無　南無妙法連想
砲連装　三連装
怒罐　呶罐　駑罐》

只管《ひたすら》に
心凝らして
繰り返すこと二度また三度
されど　されど
この神妙奇天烈の呪誦を以てしてなほも
魔神族の威力を
いささかなりとも祓ひ去り得ざるを
ああ　千の烏賊
糅《かて》て加ふる千の烏賊かな

ルジュラック』

例の鑵詰にありついたポパイの三連爆発。

千の烏賊＋千の烏賊。

是无等等呪《ぜむとうどうしゅ》

羯諦奄摩尼善良狗

羯諦奄摩尼善狗声

表題の「是无等等呪」は玄奘漢訳『般若波羅蜜多心経』の結び近くにある言葉で、「コレニ匹敵スル呪文ハ無イ」、つまり「コレコソ至上ノ呪文デアルゾ」の意である由。

本篇は笠置シヅ子さんへのリスペクト。＊

ワガ出自

タダ今カタリ出《イダ》スワガ出自コソ
イトアヤシウモ物グルホシケレ。

黒イ小粒ノ二枚貝ガ獲《ト》レル
半淡半鹹ノ水海《ミヅウミ》ノホトリ、
赤山《セキザン》ト
嵩山《スウザン》ノ間《カン》ニハサマレタ
幽事《カクレゴト》・顕露《アラハゴト》ノオドロニ相ヒ会フ石原ノ一隅デ、

語り出しは「説教節」の語り口を借りてゐる。

半淡半鹹の水海＝このやうな湖は汽水湖と呼ばれる。赤山、嵩山は音読する時には、中国仏教の聖地で、それらの山の主たる赤山明神、嵩山新羅明神は、中世に、相次いで日本に勧請された。一方、これを訓読して「アカヤマ」「ダケサン」と言へば、何れも松江市近辺の山名である。

フカブカト積マレタ松葉ニ埋《ウヅ》モレ
ヌルヌルノ頭巾ヲカブツテ生ヲ享《ウ》ケタ。

否トヨ、
百千鳥《モモチドリ》舞フ城郭内ノ興雲閣（鴻臚館《ゲイヒンクワン》）ニ、
際物《キハモノ》ノ衛生博ハ酒精漬ケノ賤《アヤ》シキ胎児トシテ
窅然《エウゼン》ト影向《ヤウガウ》シタノデアツタカモシレズ……。

ワガ数《カゾ》ヘ十三ノ歳ノ十月、他処《ヨソ》デイフ神無月《カンナヅキ》、
コヨナク懐シイウグヒスハ
「ホホ、キキ」ト嘆キノ声アゲテ、
《三羽《ミツバ》ノ征矢《ソヤ》ヲ射ルヨリモ速ク》飛ビ去リ、
聞クナラク、山奥ノ村デハ、七七日モ済ムヤ済マヌニハヤ、

幽事・顕事は、大国主の国譲りの際の役割分担に関はる語句であり、石原はいはゆる「堺の石原」に当たる。

ヌルヌルノ頭巾＝胞衣《えな》。

松江の城は通称「千鳥城」。もちろん水辺の鳥チドリのことで、数多い鳥といふ意味ではない。興雲閣は皇太子（のちの大正天皇）を迎へるべく建てられた西洋建築。戦中戦後には、美術展や博覧会の会場に、よく用ひられた。

ウグイスハ…＝『出雲国風土記』法吉郷のくだりに、ウムガヒヒメノミコトが法

祝人《ホギビト》集ヒ、幟ガ靡キハタメクトカ。

サミシサニ、カリカリト榧《カヤ》ノ実齧《カジ》リ、
トリドリニ鳥ドモガ啼ク東ノカタ、
嶺線ノ形状《サマ》、童女《ヲトメ》ノ寝姿ニ似タリトサレル嵩山《ダケサン》ニ登ツテハ
ソノ明神ニ愛護サレ、
猪《シシ》ヲ犬ガ追ヒ共ニ石トナル北西ノ、
二巨松《フタモトマツ》翳サス学ビ舎《ヤ》ノアル赤山《アカヤマ》デハ
素髪《ソハツ》ノ翁《オキナ》ニ見込マレテ、天《アマ》ノ逆手《サカテ》ノワザヲ仕込マレ、
仕込マレテ育ツタ。
コノヤウニシテ十有七歳マデ育ツト、
アハレソゾロ神ノ嗾《ソソノカ》シニソゾロニ乗ツテ、
（ココニ種々《クサグサ》ノ事アレドモ略シテ語ラズ）
窓ノ無イ夜《ヨル》ノ喪船《モブネ》ニ身ヲタクシテ、

吉鳥ウグヒスになつて、ここに飛び到つた所との記述がある。

枕詞「とりがなく（あづま）」。しかしここでは、単に方角を示す「ヒガシ」。

嵩山は松江市街地から見ると、東に横たはり、旧制松江高校生たちから、「メッチェンやま」と愛称されてゐた。

「猪…」は宍道湖南岸の石宮神社にまつはる故事。なほ、犬猪＝戌亥＝北西。赤山は松山市街北西部にある丘。赤山にあつた旧制県立松江中学（現・松江北高

杳然《エウゼン》と異都へト去ツタ。

遊行ノ生活《クラシ》ハ、ココニ始ツタ。


校）校庭に亭々と枝を延ばしてゐた二本の巨松（二本松）は戦後、虫害に遭ひ、つひに二本とも枯れた。

「素髪」は白髪。「天ノ逆手」は、コトシロヌシノミコトが入水する時に打つたとされる呪術的な拍手。

窓ノ無イ…＝目無《まな》し籠《かたま》や、補陀落渡海船の連想。ここでは夜行列車。


本篇の発想に当たつては、山本ひろ子氏の著書『異神』に負ふところ極めて大であつた。

編集部註記――

本詩集の作品選択及び構成は、二〇一三年に著者によって行われたものである。詩画集としての刊行を想定していたが、実現にはいたらなかった。

各作品は、左記の詩集に収められている。

失題詩篇――『倖せ　それとも不倖せ』（一九五五／一九七一）
キラキラヒカル――同右
いっちまった……――同右
エスケープ――同右
アパートのむすめ――同右
或る夏の夜の出来事――同右
聞いて下さい――『古い土地』（一九六一）
夜の森の唄――同右

きこりの物語――『倖せ　それとも不倖せ　續』（一九七三）
ユウレイノウタ――同右
私は書く（ある校訂記録）――『「月」そのほかの詩』（一九七七）
お伽芝居――同右
待つ男・馳せ男と海――『駱駝譜』（一九八一）
未確認飛行物体――『春の散歩』（一九八二）
楽園の想ひ出――同右
春の散歩――同右
廃都へ――同右
水府暮色――『水辺逆旅歌』（一九八八）
冥界の会話――『歌―耐へる夜の』（一九八八）
死者（たち）の眠りのための子守唄――『唄―遠い冬の』（一九九七）
ことば・ことば――同右
江上夜宴歌――同右
氷見の岬――同右
旅するわたし――『遐い宴楽』（二〇〇二）

我らの煉獄――『アルボラーダ』（二〇〇五）
哀唱自傷歌――同右
是旡等等呪――同右
ワガ出自――同右

＊（一一〇頁）第二次世界大戦敗戦後の日本で大流行した笠置シヅ子の〈ブギウギ〉に詩行の音に呼応する大阪弁のフレーズがある。

キラキラヒカル――入沢康夫自選ライトヴァース集＊著者入沢康夫＊発行二〇一九年五月一五日初版第二刷＊発行者鈴木一民発行所書肆山田東京都豊島区南池袋二―八―五―三〇一電話〇三―三九八八―七四六七＊装幀亜令＊印刷精密印刷ターゲット石塚印刷製本日進堂製本＊ＩＳＢＮ九七八―四―八七九九五―九八五―〇